Loi n°49-956 du 16 juillet 1949 sur les publications destinées à la jeunesse, modifiée par la loi n°2011-525 du 17 mai 2011.

PRÉSENTATION DES PERSONNAGES

> CETTE FILLE...
> QU'EST-CE QU'ELLE A À ME FIXER COMME ÇA ?

> VOILÀ QU'ELLE ME SOURIT MAINTENANT ! MAIS POUR QUI ELLE SE PREND CELLE-LÀ ?

Ding ! Dong !

ITADAKIMASU !*

* Au Japon, c'est ce qu'on dit avant de manger.

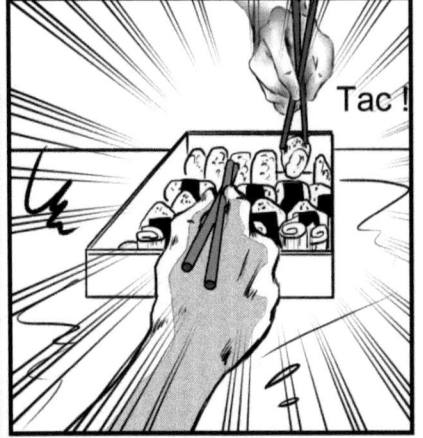

Tac !

CHAPITRE 2

L'ASSISTANTE DU COACH
partie 1

CHAPITRE 3

L'ASSISTANTE DU COACH PARTIE 2

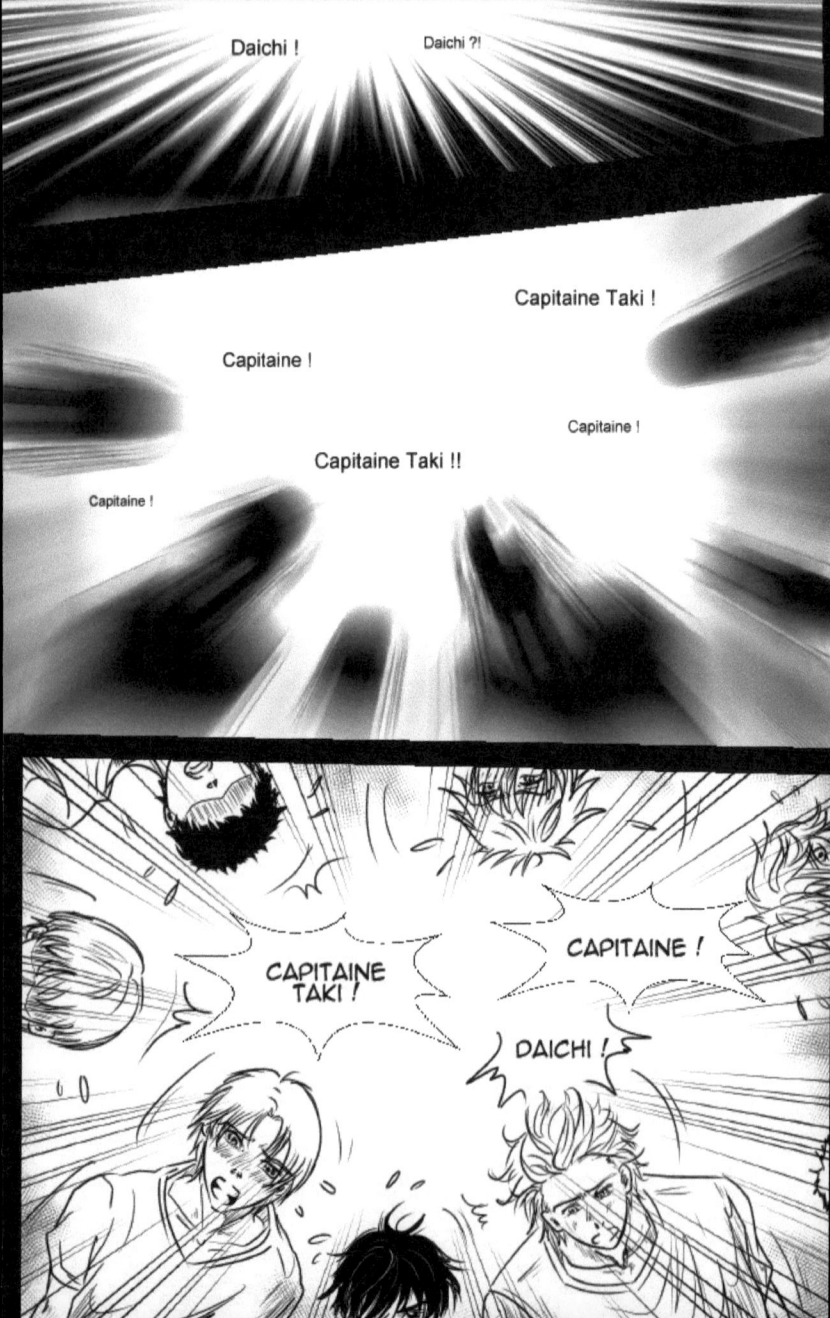

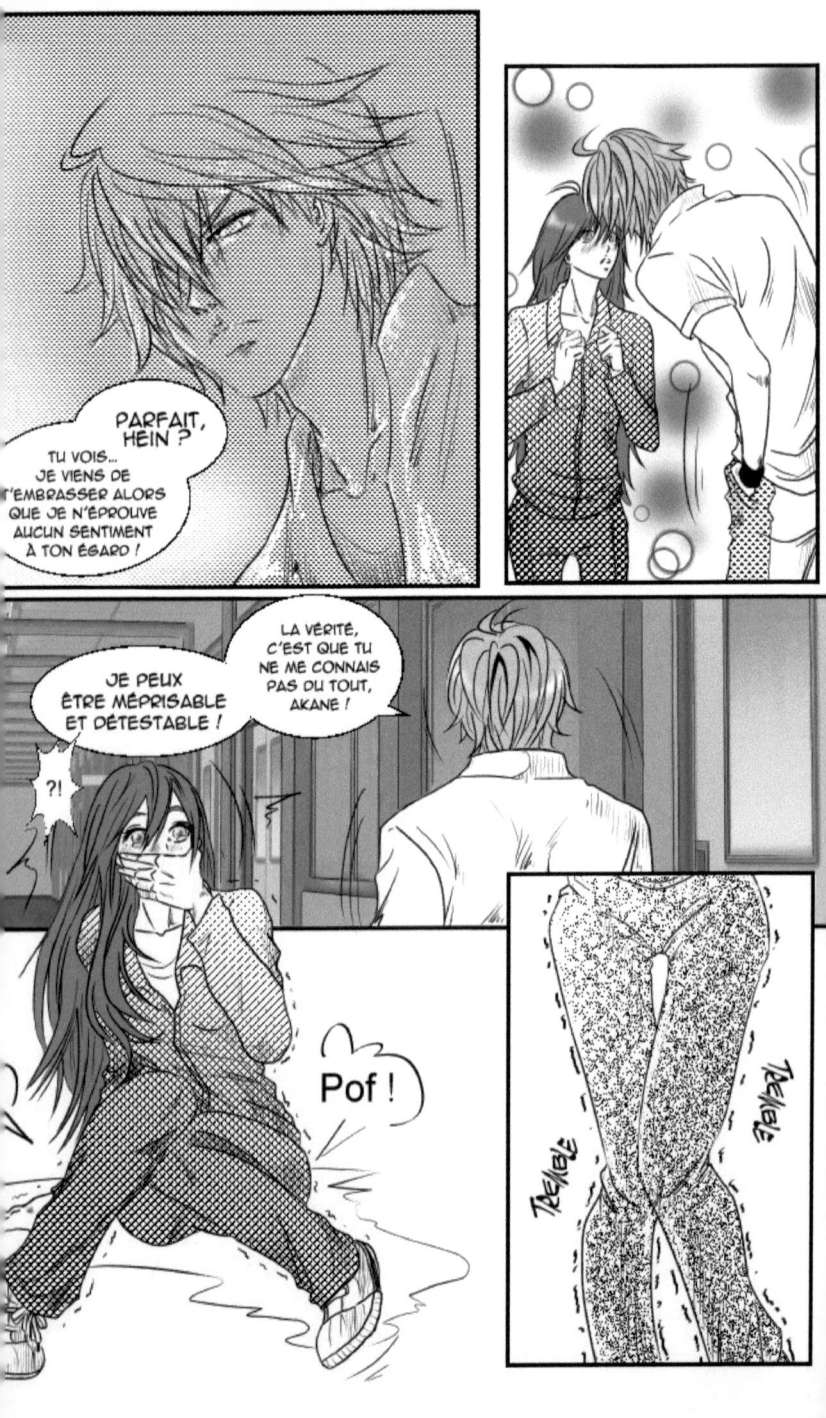

— Merci encore de donner un coup de main, May ! Le manager n'est pas là aujourd'hui !
— Donc je suis toute seule à m'occuper de la maintenance.
— T'inquiète ! Ça me fait plaisir !
— Dis-moi plutôt comment ça se passe avec Daichi ?

— Après tout...
— Arf... Y'a rien à dire. Je crois que c'est mort.

Puis, m'a lancée un regard tellement méprisant que je n'ose même plus lever les yeux vers lui.

Il m'a embrassée sans avoir le moindre sentiment...

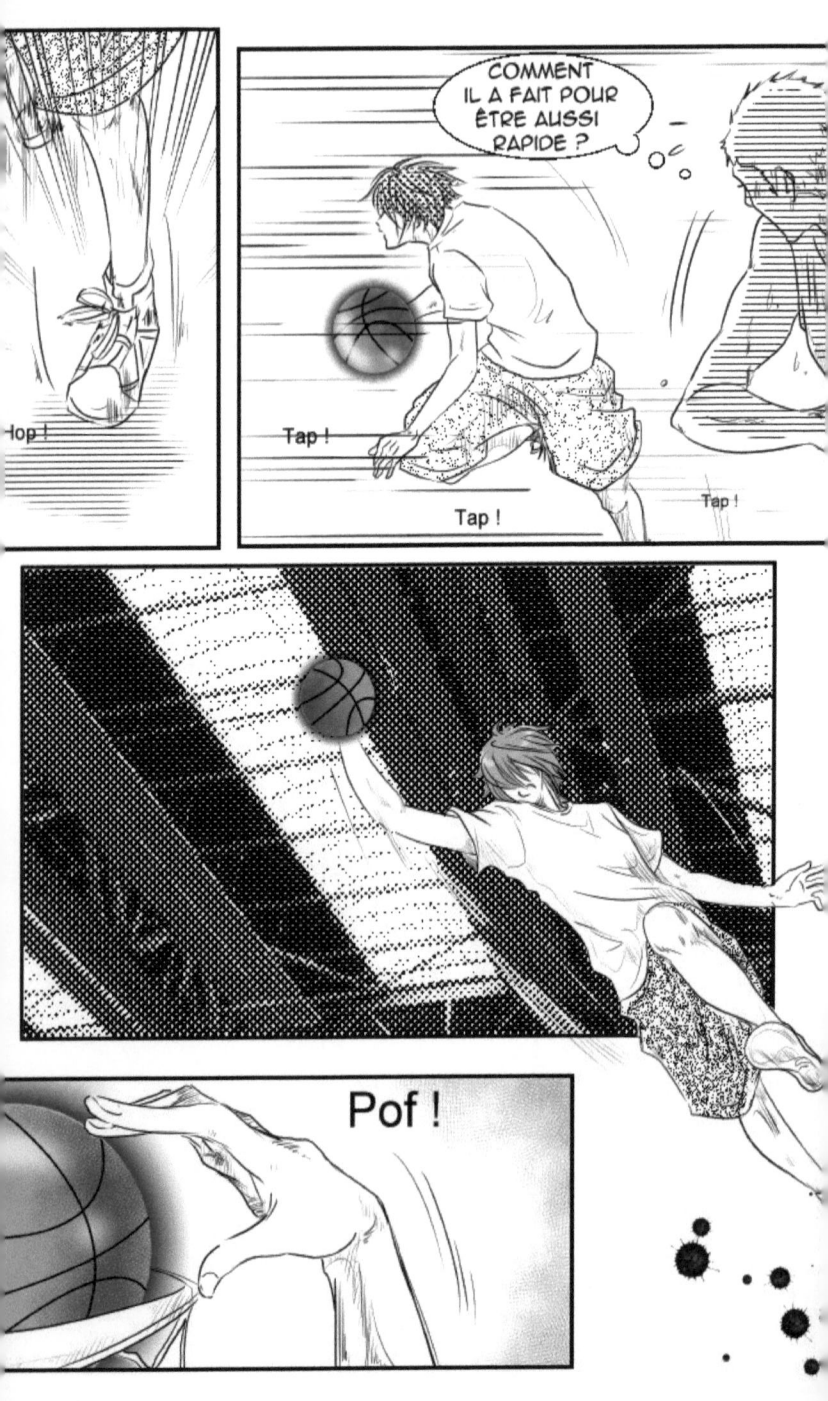

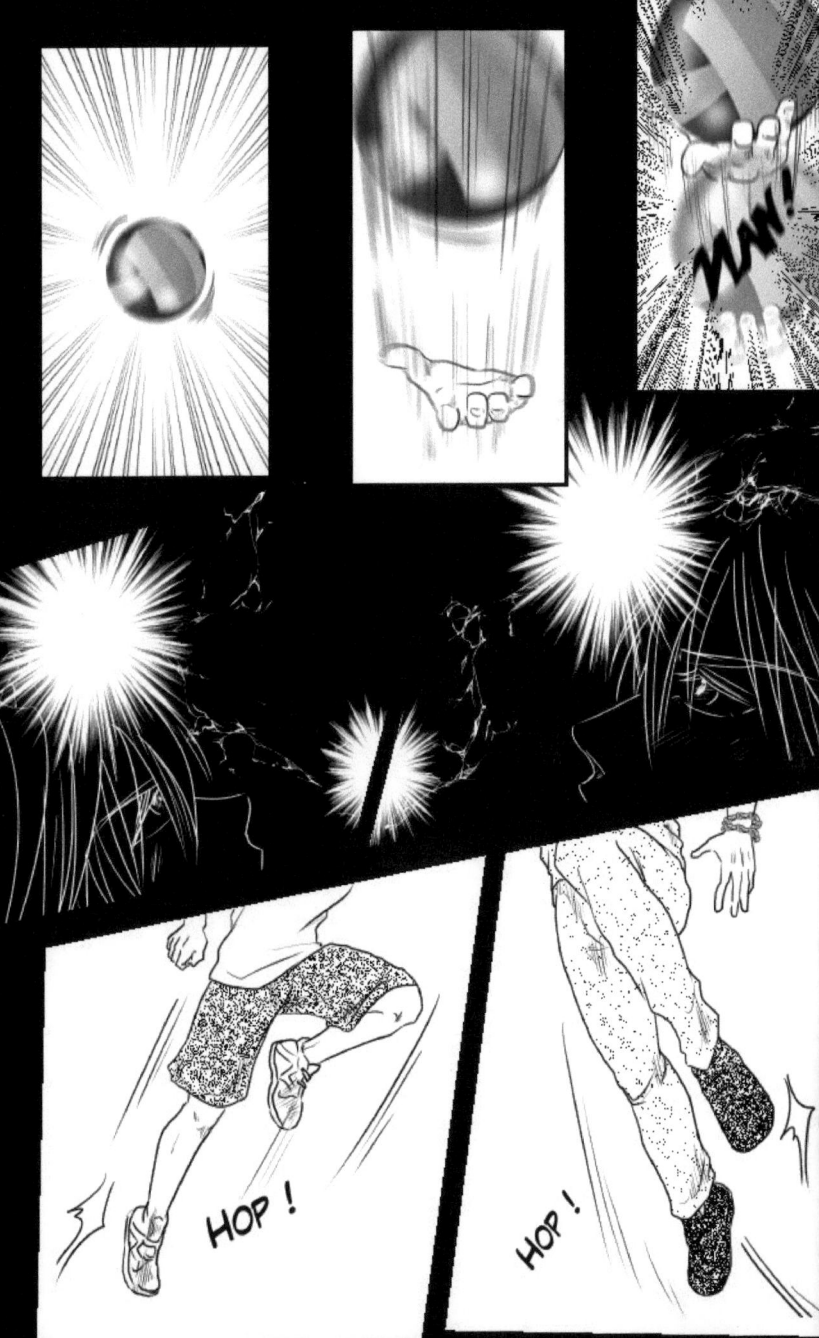

JE SUIS FOU AMOUREUX D'UNE FEMME...

INOUE ?!

ET CE, DEPUIS QUE J'AI 6 ANS...

INOUE ?

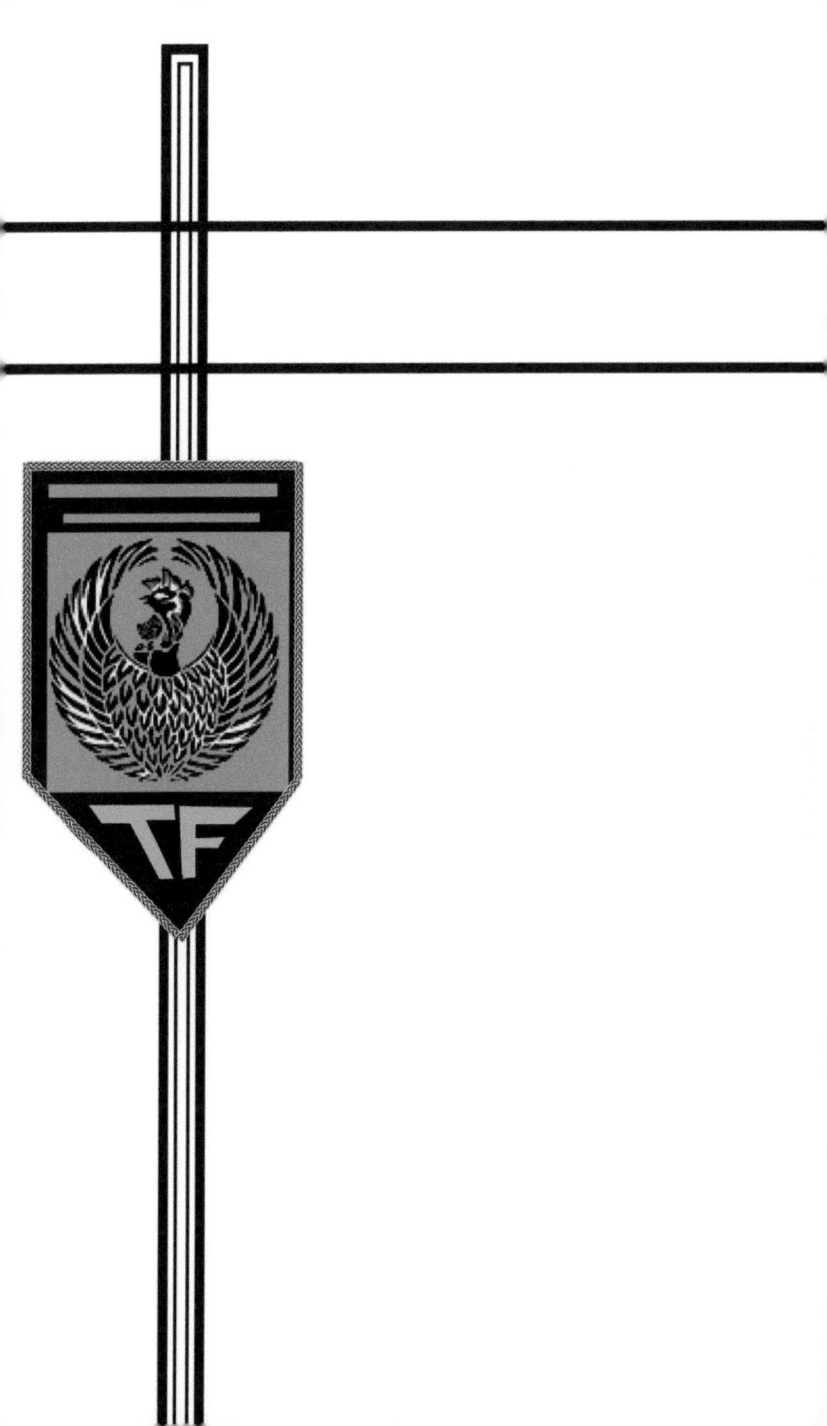

COLLECTION D'IMAGES

DAICHI no AKANE

TIRENT LES ROIS !

"Oups ! Pardon ! Hi ! Hi !"

Pof !

"J'vais tuer ce type ! J'vais taper si fort qu'il va décéder !"

MIZUKI
Aiko

NOLAN Akane

NOBUKONEKO STUDIO C'EST AUSSI...

SUIVEZ-NOUS SUR NOS RÉSEAUX :

365 Jours... Masato No Mikuni-kun

Yaoi en 3 tomes

"TU AS SÉDUIT MON CŒUR DE PIERRE... MAINTENANT RESTE À MES CÔTÉS POUR TOUJOURS... "

Tome 1
en pré-commandesur notre site internet
https://nobukomangas.wordpress.com/

LE "BON" COIN AUTEUR

BONJOUR TOUT LE MONDE !
JE SUIS NOBUKO ET MERCI
D'AVOIR LU CE MANGA JUSQU'AU BOUT !

"DAICHI NO AKANE" A VU LE JOUR
IL Y A UN AN LORSQUE JE ME SUIS INSCRITE
AU CLUB DE VOLLEY DE MON VILLAGE.
J'AI ÉTÉ PRISE DE PASSION POUR CE SPORT
QUE JE PRATIQUE EN PARALLÈLE AVEC LE BASKET.

À TRAVERS CETTE OEUVRE,
J'AI EU ENVIE DE FAIRE DÉCOUVRIR D'UNE PART,
LE VOLLEY, ET DE L'AUTRE,
ENTERRER LA RIVALITÉ ENTRE LES BASKETTEURS
ET LES VOLLEYEURS GRÂCE
À LA RELATION ENTRE DAICHI ET INOUE.

JE REMERCIE MON ENTOURAGE, MA
FAMILLE, MON ÉQUIPE DE STUDIO ET
TOUTES LES PERSONNES QUI ONT CRU
EN CE PROJET.

J'ESPÈRE VOUS RETROUVER BIENTÔT
DANS LE VOLUME 2 ET N'HÉSITEZ PAS
À VENIR ME DONNER VOTRE
AVIS SUR LA PAGE FACEBOOK
DE DAICHI NO AKANE
ET NOBUKONEKO STUDIO.

MERCI ET À TRÈS VITE !

NOBUKO YANN

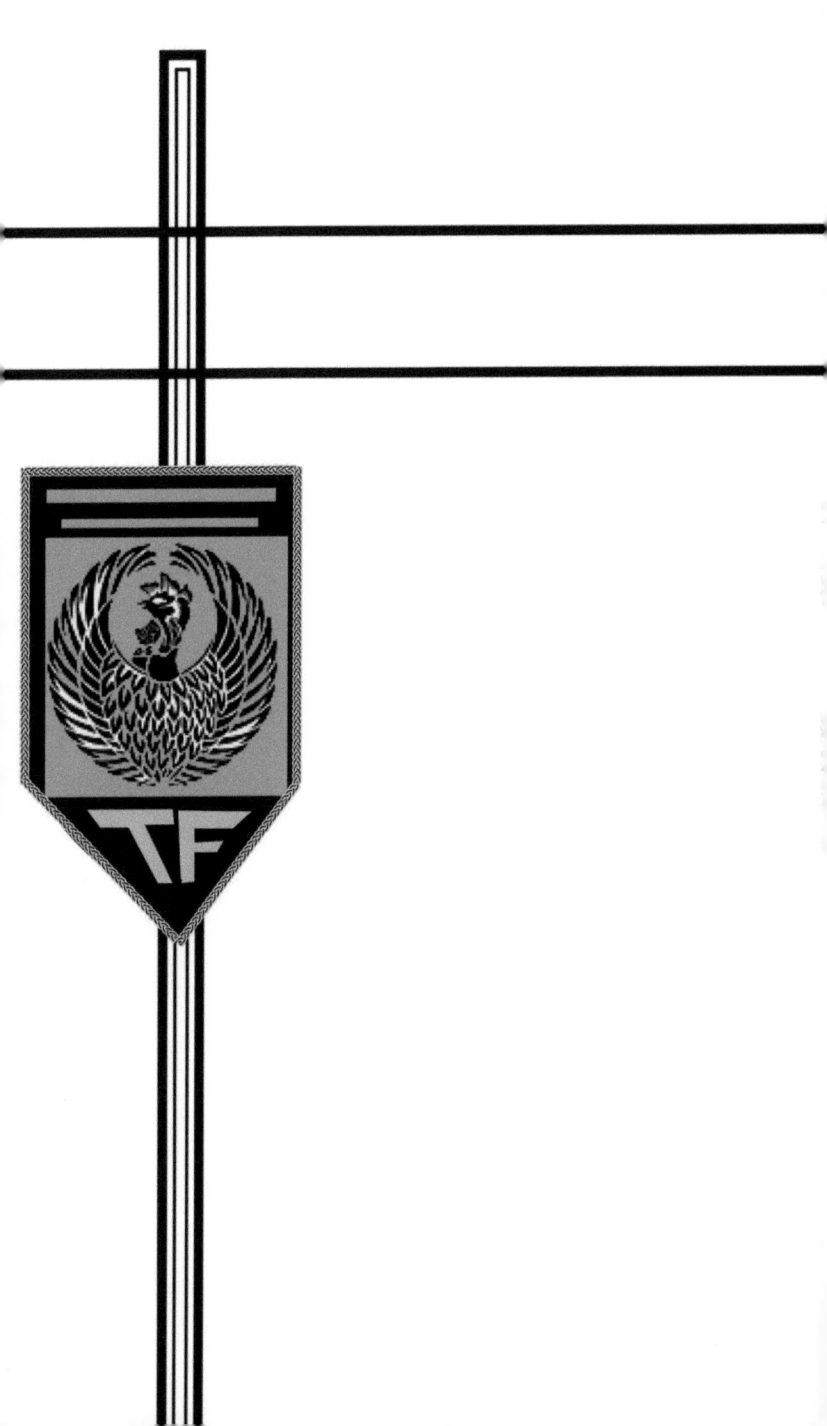

DAICHI NO AKANE T1 © 2022 par Nobuko YANN
Tous droits réservés

Édition :
BoD - Books on Demand, info@bod.fr

Impression :
BoD - Books on Demand,
In de Tarpen 42, Norderstedt (Allemagne)
Impression à la demande

ISBN : 978-2-322-42586-0

Dépôt légal : Aout 2022

Première publication en France en Mars 2017.

https://nobukoneko.wordpress.com/
https://nobukomangas.wordpress.com/